L'EDUCATION DU JEUNE HIPOLITE,

Ouvrage accompagné de Morale & d'Erudition.

Par M. GIRAVLT de Sainville.

A PARIS,

Chez NICOLAS LE GRAS, au Palais, au troisiéme Pilier de la Grand' Salle, à L, couronnée.

M. DC. LXXXIV.

Avec Privilege du Roy.

TABLE

DES

CHAPITRES.

ã ij

ā iij

Table

Table

La Danse, & les Lan-
gues étrangeres.

des Chapitres.

Table

des Chapitres.

Table des Chapitres.

Fin de la Table.

Fautes survenuës dans l'Impression.
Page 17. ligne 4. au lieu de pour, *li-sez* par. Page 21. ligne 11. avoit *lis.* avoient. Page 29. personnage, ajoutez une s. Page 60. éccuils *lis.* écueils. Page. 73. rient, ostez le t, Page 115 ligne 6. écuil, *lis.* écueil. 116. ligne premiere il faut une L.

L'EDUCATION

L'EDUCATION DU JEUNE HIPOLITE.

CHAPITRE PREMIER.

De la Naiſſance & de l'Inclination d'Hipolite.

Out Homme, veritablement penetré des lumieres du Chriſtianiſme

A

ne rencontre point le fou-
verain bien dans les Gran-
deurs, dans les Richeffes,
dans les Plaifirs, ny mê-
me dans les Sciences, qui
font l'objet ordinaire de
la curiofité du fiecle. Il
regarde tous ces avantages
comme des moyens dan-
gereux qui peuvent l'en-
traîner plus facilement à
la perte qu'il fouhaite
eviter.

Hipolite reconnoiffoit
ces veritez importantes
dans un âge où fes pa-

reils font une efpece de gloire de ne les pas entendre ; Il eftoit d'une naiffance illuftre, les prefens de la Fortune fecondoient en luy la qualité , & rien ne luy échapoit des connoiffances que l'Education donne à ceux de fon rang.

CHAPITRE II.

Avantage d'un Gouverneur qui trouve un heureux sujet à conduire.

COMME sa conduite a esté confiée à mes soins dés l'âge le plus tendre, dans le moment que je cultivois les dispo-sitions de son esprit, je prenois plaisir à voir les

bons mouvemens , dont
fon ame eftoit naturelle-
ment fufceptible , & je
me faifois une fatisfaction
finguliere de polir un Sujet fi heureux & fi fa-
cile.

❀❀❀❀❀❀:❀❀❀❀❀

CHAPITRE III.

*Qu'il est fort difficile de ren-
contrer dans une mesme
personne les deux ta-
lens de bien écrire &
de bien parler, & que
ces avantages estoient na-
turels au jeune Hipolite.*

LEs deux talens de
bien parler & de bien
écrire qui se rencontrent

rarement dans une même personne, se rencontrerent également dans celle du jeune Hipolite , & ce qui combloit d'admiration dás un âge peu avancé , c'est qu'on avoit peine à remarquer de la difference entre ses actions premeditées, & celles qu'il faisoit sur le champ , & en toutes rencontres , tant il luy estoit naturel & ordinaire d'estre toûjours eloquent selon que le sujet le meritoit, & comme il reconnoif-

foit que ces talens eftoient
des dons purement de
Dieu, l'humilité eftoit in-
feparable de toutes fes
actions mefme les plus
éclatantes. A peine eut-il
paffé les premieres leçons
par où tout homme qui
veut apprendre doit com-
mencer , qu'infenfible-
ment il fe rendit capa-
ble de concevoir les fcien-
ces les plus hautes.

CHAPITRE IV.

Reflexions sur l'Esprit vif,
son utilité, & son
desavantage.

IL avoit l'Esprit vif, cette qualité est toute divine & toute adorable dans ceux qui la posse-dent. Je tâchois de luy faire comprendre qu'il n'y a rien de plus éclatant

que cette vivacité que la
nature donne aux beaux
esprits ; c'est , luy disois-
je , la clef qui leur ouvre
le trefor des Sciences ,
foit qu'ils les veüillent
acquerir , foit qu'ils les
veüillent enfeigner aux
autres , c'est l'agréement
des compagnies , & c'est
une qualité qui fe fait
aimer auffi-toft qu'elle
fe fait paroiftre , mais
neanmoins fouvenez-
vous que la Morale ne
l'eftime qu'autant qu'elle

eſt bien menagée, &
S. Auguſtin qui la re-
connoiſſoit comme une
grace, confeſſe que pour
n'en avoir pas bien uſé,
elle luy avoit eſté perni-
cieuſe & l'avoit entretenu
dans ſes erreurs. En effet,
la pluſpart de ceux qui
parlent bien & facilement,
ſont ſujets à eſtre atta-
chez à leurs ſens & à ne
ſe laiſſer pas facilement
détromper, parce qu'ils
ſont portez à croire qu'ils
ont le meſme avantage

fur l'Efprit des autres
qu'ils ont, pour le dire
ainfi, fur la langue des autres, l'avantage qu'ils ont
en cela leur eftant vifi-
ble , au lieu que leur
manque de lumiere &
d'exactitude dans le rai-
fonnement leur eft caché.
De plus ne vous y trom-
pez pas, car la facilité
qu'ils ont à parler donne
un certain éclat à leurs
penfées, quoy que fauffes,
qui les ebloüit eux mef-
mes, au lieu que ceux qui

parlent avec peine obſcur-
ciſſent les verités les
plus claires & leur don-
nent l'air de fauſſeté &
qu'ils ſont meſme ſouvent
obligez de ceder & de
paroiſtre convaincus , faute de trouver des termes
pour ſe deméler de ſes
fauſſetez ébloüiſſantes.

CHAPITRE V.

De la Retorique.

CE font à peu prés les preceptes que je donnois au jeune Hipolite en l'introduifant aux Sciences. La Retorique eut d'abord beaucoup de charmes pour luy. Je luy fis comprendre que la principale fin de l'Eloquence

eſt de perſuader la Verité,
que les Orateurs ſont con-
trains d'employer tous
leurs artifices pour com-
battre les paſſions qui luy
ſont contraires ; Et il arrive qu'en s'acquittant de
leur charge , ils font encore celle de Medecin, &
gueriſſant leurs Auditeurs
de toutes leurs maladies,
ils appaiſent leur colere ſi
elle eſt trop irritée, ils re-
levent leur courage s'il eſt
trop abatu , ils font ſuc-
ceder l'amour à la haine,

la pitié à la vengeance , &
reprimant un mouvement
par un autre , ils tirent
la tranquilité de l'orage
mesme.   Cet employ est
si attaché à la condition
des Orateurs, que c'est par
là seulement qu'ils sont
differens des Philosophes :
Car ceux-cy n'ont point
d'autre   dessein que de
convaincre l'esprit. Ils luy
proposent les veritez toutes nuës & sçachant bien
qu'il ne les peut voir sans
les reverer , ils ont plus
de

de foin de les découvrir
que de les parer ; mais les
Orateurs qui veulent
prendre l'ame pour les
fens , joignent les belles
paroles aux bonnes rai-
fons, flatent l'oreille pour
toucher le cœur, & em-
ploïent toutes les figures
pour émouvoir les affec-
tions. Ils attaquent les deux
parties qui compofent
l'homme , ils fe fervent
de la plus foible pour em-
porter la plus forte ,
& comme le Demon per-

B

dit l'Homme par le
moyen de la femme ,
ils gagnent la raiſon par
le moyen de la paſ-
ſion.

CHAPITRE VI. & VII.

De la Poesie & de la Comedie.

APRES de semblables Reflexions, Hipolite me témoigna qu'il estoit bien aise de mêler les fleurs de la Poësie aux figures de la Rethorique ; je ne me fis aucune violence pour cul-

tiver en luy ce defir &
& je tâchay de le preve-
nir fur l'avantage & le
danger que l'on peut ti-
rer de la connoiffance de
cet Art.

On peut appeller la Poë-
fie la fille de la Mufique,
elle imitoit autrefois fa
Mere, elle emploïoit tou-
tes fes beautés pour animer
les hommes aux actions
glorieufes, elle chantoit les
victoires des Conquerans
& par les loüanges qu'elle
donnoit à leur valeur, el-

le rendoit les Soldats courageux , fes menfonges
mefme eftoient utiles ;
les furies vengereffes
qu'elle introduifoit dans
fes ouvrages , jettoient la
crainte dans l'ame des méchans , & retenoient les
peuples dans leur devoir ,
les nombres & la cadence
agreable de fes Vers avoit
le pouvoir d'adoucir les
humeurs les plus farou-
ches & elle n'a point ex-
pofé faux quand elle nous
a voulu perfuader que fon

Orphée apprivoifoit les
Lions, faifoit marcher les
arbres, contraignoit les
Rochers de l'écouter &
de le fuivre, puis qu'il
produifoit tous ces effets
dans le cœur des hommes
& qu'il en baniffoit la colere & la ftupidité ; mais
ce bel Art ne paroiffoit
jamais plus pompeux que
lors qu'il montoit fur le
theatre , & que remply
d'une nouvelle fureur il
reprefentoit les fuplices
des criminels , la mort

tragique des tyrans &
les malheureux fuccez de
l'injuftice ou de l'impieté : Car il intimidoit les
Princes , il étonnoit les
Sujets & par de funeftes
exemples , il enfeignoit
aux uns le Refpect , aux
autres la Clemence & à
tous les deux la Juftice &
la Religion. Alors toutes
les Comedies eftoient des
inftructions , on regardoit
les lieux où elles fe reci-
toient comme des Aca-
demies de Philofophes , &

les Auditeurs n'en sor-
toient jamais qu'ils ne fus-
sent bien persuadés de la
vertu ; mais les hommes
qui corrompent les meil-
leures choses , abuserent
enfin de la Poësie, & soû-
mirent injustement à leurs
passions , celle qui les re-
formoit par leurs avis.
Cet Art innocent qui n'a-
voit fait la cour qu'à la
Vertu, devint l'esclave du
vice & les Impudiques
prophanerent toutes ses
chastes beautez en les fai-

faire

fant fervir à l'impureté.
Depuis ce temps mal-
heureux la Poëfie fut de-
criée par tout le mon-
de ; les Philofophes qui
avoient toûjours efté d'a-
cord avec les Poëtes, de-
vinrent leurs ennemis,
& emploïerent tout leur
credit pour les faire ban-
nir des Eftats : En effet,
ils corrompirent tous
les peuples & crai-
gnant que leurs Vers ne
fuffent pas affez puiffans
pour autorifer l'impudi-

C

cité, ils luy éleverent des autels ; & par les Incestes de leurs Dieux, ils excuserent les adulteres des Hommes. Il est vray que la Religion a reformé la Poësie, qu'elle a fait ses efforts pour luy rendre son premier usage & ses anciennes beautez ; il est vray que nos Poëtes sont chastes en leurs écrits, & que la Comedie, toute licentieuse qu'elle est, ne monte plus sur le theatre que pour condamner le Vice ; les re-

gles mefmes qu'on luy a
impofées ne luy permet-
tent pas d'éftre libre ; il
faut par une heureufe ne-
ceffité que ceux qui ani-
ment la Scene prennent le
party de la Vertu. Nean-
moins il arrive par un
malheur que j'aime mieux
imputer au defordre de la
Nature qu'à celuy de la
Poëfie , que la Chafteté
ne paroift pas fi belle
dans les Vers que l'Impu-
reté ; & que l'obeïffance
des paffions ne femble pas

ſi agreable que leur rebel-
lion. On s'attache plus
ſouvent aux affections
violentes qu'aux raiſon-
nables ; & comme les
Poëtes les expriment avec
plus d'eloquence , les
Auditeurs les écoutent avec
plus de plaiſir. Enfin , je
vous en avertis, prenez-y
garde, mon her Hipolite, la
Comedie n'eſt une é ole de
vertu que pour ces grands
Hommes qui ſçavent diſ-
cerner l'apparence de la
verité , & qui ont de

l'horreur pour le Vice, lors
mesme qu'il se presente à
leurs yeux avec tous les
ornemens de la Vertu; &
les exemples font voir que
si les personnes vulgaires
se veulent bien examiner,
elles confesseront que les
vers du Theatre leur don-
nent de l'emotion & qu'ils
impriment dans leurs
ames tous les sentimens
des personnage qu'ils font
parler.

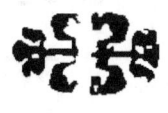

CHAPITRE VIII.

De la Musique.

HIPOLITE ayant profité en peu de temps des preceptes que je luy donnay fur l'Art d'Eloquence & de Poëfie, il me pria de permettre qu'il eût un Maiftre de Mufique, je luy accorday volontiers, pour delaffer ſon eſprit des occupations plus ſerieuſes où je l'atta-chois la plus grande par-tie du jour. Mais comme j'avois pour but de luy faire tirer de l'utilité des plaiſirs meſmes, je luy fis un jour le diſcours qui ſuit.

La Muſique qui ne flatte à preſent que nos oreil-les, & qui ne touche preſque plus nos cœurs que pour y faire entrer l'impureté, ne travailloit autrefois qu'à reprimer ces

defordres ; comme elle eft
une harmonie compofée de
voix differentes , elle produifoit des effets qui luy
reffembloient & terminant
les differends du corps &
de l'ame , elle renoüoit
leur amitié & les faifoit
vivre dans une parfaite
intelligence ; elle calmoit
la fureur des paffions , &
par la douceur de fes ac-
cords, elle apprivoifoit ces
beftes farouches qui devo-
rent l'homme quand elles
font irritées. En cet heu-

reux temps les Muficiens eftoient Philofophes. Cet Art qui eft devenu l'Efcla-ve de la Volupté, eftoit le Miniftre de la Vertu ; il emploïoit toute fon induf-trie pour le fervice de la raifon, au lieu qu'à prefent il feduit l'ame par les fens ; il charmoit lors les affe-ctions par les oreilles ; & avec des tons agreables qui n'eftoient pas moins Puiffans que fes paroles, il Perfuadoit les bonnes cho-& retenoit les hommes

dans leur devoir. Auſſi dit-
on qu'Ægiſte ne put ja-
mais corrompre Clitem-
neſtre , qu'il neût fait aſ-
faſſiner celuy qui deffen-
doit ſa chaſteté par la douceur de ſa Lyre, & qui rui-
noit tous les deſſeins de cet
Amant impudique par les
doux accens de ſa voix.

L'Hiſtoire plus croya-
ble que la Fable nous ap-
prend , qu'un Joüeur de
Flûte faiſoit de ſi puiſſantes
impreſſions ſur l'eſprit d'A-
lexandre , que quand il

joüoit d'un ton plus fort
qu'à l'ordinaire, il mettoit
ce Conquerant hors de
luy-même , & l'animoit
si bien au combat , qu'il
demandoit ses armes pour
attaquer ses ennemis ; mais
quand il adoucissoit son
jeu , ce Prince calmoit
sa fureur, comme si ce n'eust
esté qu'une fausse alarme; il
reprenoit son premier vi-
sage, & donnoit tout son
esprit à celuy qui l'en-
chantoit par les oreilles.

L'Ecriture Sainte, dont

les paroles font des ora-
cles, nous affure que la
Harpe de David appaifoit
le Demon de Saül, &
que cet efprit malin per-
doit fa force quand l'harmonie accordoit les hu-
meurs qu'il avoit emeües,
ou qu'il abatoit les va-
peurs qu'il avoit élevées.
Mais la Mufique d'au-
jourd'huy n'a plus cette
Vertu ; elle qui délivroit
autrefois les poffedez, les
abandonne aux Demons,
ou fi elle ne produit pas

un si mauvais effet , elle
réveille nos passions , &
par un malheur étrange,
mais veritable , elle aigrit
le mal qu'elle avoit dessein
de guerir. Il est vray que
celle de nos Eglises est
d'intelligence avec la Pieté , & que par une douce
violence elle détache nòs
corps & les éleve dans le
Ciel ; mais toutes les autres font un peu suspectes,
quoy qu'on les veüille faire
passer pour innocentes, je
les estime dangereuses ou

inutiles, & je dirois volontiers avec Seneque aux Muficiens, qu'au lieu de nous enfeigner les moyens d'accorder les cordes d'un Luth ou de conduire nos voix, ils devroient nous apprendre à regler nos paffions ; qu'au lieu de flater nos fens, ils devroient toucher nos cœurs & infpirer dans nos ames l'horreur du Vice, & l'amour de la Vertu : cela eftant, mon cher Hipolite, voftre Maiftre

de Musique feroit par a-
vance en vous d'une ma-
niere agreable ce que je
souhaite faire par des preceptes plus serieux , je veux
dire , que sans le secours de
mes soins,vous deviendriez
facilement Philosophe.

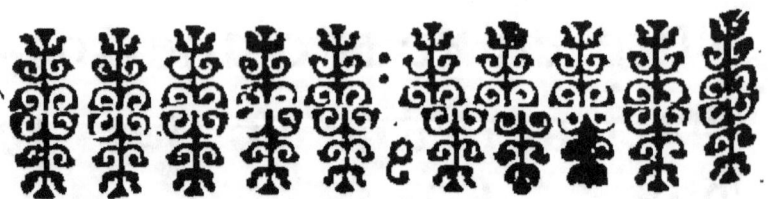

CHAPITRE IX.

De la Philosophie.

SENEQUE dit que la Philosophie n'est pas un artifice pour complaire au Peuple, elle ne consiste point en paroles, mais en effets ; elle n'est point inventée pour passer le jour tout entier dans de vains

vains plaisirs ou dans des
recherches inutiles , ou
pour se dérober aux en-
nuis de l'oisiveté ; elle
façonne l'ame , elle dispose
la conduite de la vie , elle
gouverne nos actions , elle
enseigne ce qu'il faut faire,
& ce qu'il faut laisser , avec
le gouvernail qu'elle tient
en main elle dresse le cours
de la vie de ceux qui flo-
tent en assurance , & il
y a une infinité d'accidens
qui surviennent à toute
heure , qui ont besoin de

confeil qu'il faut deman-
der à la Philofophie.

Plutarque dans fes Mora-
les raconte à ce fujet de De-
nis le jeune, qu'aprés avoir
efté contraint de quitter
& d'abandonner fon bien,
un de fes amis amis luy de-
manda pour lors que luy
fervoit la Philofophie de
Platon ; il luy fit une ré-
ponfe fort jufte, luy difant
qu'elle luy faifoit fupor-
ter avec plus de patience
le changement de fa for-
tune.

Souvenez - vous donc ,
mon cher Hipolite , que la
veritable Philofophie con-
fifte à feparer & retirer
autant que l'on peut fon
ame du commerce du
corps , mais fouvenez-
vous auffi que l'on peut
faire un mauvais ufage
de la Philofophie , lors
qu'elle fert à nous ar-
mer d'une efpece d'ef-
prit fort qui nous inf-
pire plutoft une infen-
fibilité Stoïque & Payenne
pour tout ce qui nous ar-

rive, qu'une veritable re-
fignation à la volonté de
Dieu.

※※※※※※※※※※※

CHAPITRE X.

De la Memoire.

MAıs c'eſt en vain,
mon cher Hipolite
que je tâche de vous don-
ner quelque impreſſion
des Sciences, ſi je ne vous
exhorte en même temps de

cultiver voſtre memoire.

Croyez donc que noſtre memoire a quelque juri-diction ſur le paſſé, qu'elle s'en ſert pour noſtre con-ſolation, qu'elle rapelle nos biens écoulez pour nous divertir, & que par un innocent artifice, elle fait de nos maux paſſez des felicitez preſentes, el-le reſſuſcite nos amis pour nous entretenir avec eux, elle converſe avec les morts ſans horreur, & mal-gré les Loix neceſſaires du

temps , elle fait revivre
le paſſé & nous reſtituë
tous les contentemens qu'il
nous avoit enlevez.

Ce prelude eſt pour
vous diſpoſer à profiter de
la connoiſſance de l'Hiſ-
toire que je ſouhaite vous
doñner & que j'ay jugé à
propos de vous apprendre
dans un âge plus meur.

CHAPITRE XI.

De l'Hiſtoire.

L'HISTOIRE enſei-
gne à arranger & à
ſe ſouvenir des choſes
que l'on a veuës ou enten-
duës ; on la peut definir
un fidelle rapport des
choſes les plus remarqua-
bles qui ont eſté faites ou
dites ; ſon corps ce ſont les

chofes recitées ; fon ame
c'eft la verité, & fon efprit
ce font les raifons fecretes
qui fervent de refforts &
de principes aux actions
que l'on raconte. L'Expe-
rience eftant la fource de
la Sageffe , & la vie des
hommes fon école; on a raifon dedire que l'Hiftoire
eft veritablement a mere de
la Prudence , la maiftreffe
des Mœurs , l'aiguillon de
la Generofité & de la
Sainteté, la fage directrice
de toute la vie ; car comme

me la Philosophie en-
seigne ce qui se doit faire ; de même l'Histoire
montre ce qui a esté fait,
afin de l'imiter s'il est bon,
& de l'éviter s'il est mauvais ; l'importance n'est
pas en la faisant où en la
lisant, d'en remarquer ny
d'en retenir les plus beaux
endroits & les traits les
plus illustres, mais d'en
former un jugement sain
qui serve d'œil à no-
stre conduite.

Son Etimologie Grec-

que montre qu'elle ne
devroit eſtre écrite que
par des témoins oculaires,
& ce ſoin eſtoit autrefois
reſervé aux Pontifes , afin
que la Verité fût plus re-
ligieuſement en leurs bou-
ches & en leurs plumes ,
c'eſt la plus agreable de
toutes les lectures , mais
elle eſt d'autant plus neceſ-
ſaire aux Princes & aux
perſonnes de Qualité ;
que c'eſt elle ſeule qui a
le pouvoir de leur dire
la verité. C'eſt pourquoy

l'Empereur Alexandre n'e-
ftoit jamais fans les œu-
vres d'Homere , ny le
Roy Alfonfe fans celles
de Titelive.

La matiere de l'Hiftoi-
re , fi on veut luy donner
toute fon eftenduë eft ou
un recit veritable de ce
qui s'eft paſſé, ou un fujet fait à plaifir ou dé-
guifé. Ce dernier a en-
gendré les Fables & les
Romans , deux viandes
fort creufes; qui ne laiffent pas toutefois de

corrompre beaucoup de
jeunes estomachs , tant
il est vray que le men-
songe a plus d'appas pour
flater , que la verité n'a de
force pour gagner ou
pour vaincre l'Esprit hu-
main. Pour vous , mon
cher Hipolite , si vous
vous plaisez aux evene-
mens extraordinaires , ar-
restez-vous à ce que l'E-
criture Sainte recite des
merveilleuses & miste-
rieuses avantures ; si j'ose
ainsi parler d'Abraham ,

de Jacob , de Moïfe , de
Samfon , de Debora , de
Judich , d'Efther , de
Suzanne, & autres fembla-
bles, & vous ne ferez pas en
danger fous une fi bon-
ne conduite , comme eft
l'Efprit de verité & de
pureté , de faire des nau-
frages & des pertes irre-
parables.

L'on peut dire cepen-
dant que le Roman doit
ceder à la Fable , puifque
outre la moleffe qui eft
en la plufpart des Amadis,

des Aftrées , & de toutes
ces fades douceurs que l'on
a compofé à leur imita-
tion ; les Fables enfer-
ment avec l'Erudition an-
cienne, prefque tous les fe-
crets de la nature & de la
Religion , toutes les in-
ftructions de la Morale, &
toutes les adreffes de la
Politique.

CHAPITRE XII.

De la Fab'e & de l'utilité qu'on en peut tirer.

IL est certain qu'Hesio-de, Orphée & Homere, & les autres Poëtes, ont paru sur le Theatre devant les Philosophes, les Historiens & les Orateurs, & il ne faut nullement s'étonner si Fulgen-

E iiij

ce & plufieurs autres fça-
vans perfonnages ont em-
ployé beaucoup de tra-
vail à rechercher le fens
& le fecret des mifteres
de la Fable ; les Peres
mefmes de l'Eglife ne les
ont pas toûjours jugées
indignes de leur étude.
Cependant , perfuadez-
vous , mon cher Hipolite
que comme la jeuneffe
ne doit pas ignorer la
Fable , afin d'avoir, quelque intelligence des prin-
cipaux Autheurs qu'elle

lit dans fes premieres années, de mefme ce feroit
unechofe ridicule de vieillir
dans ces contes faits à
plaifir, & criminelle de
s'en fervir pour donner du
luftre ou de l'appuy à
la Religion Chreftienne.

Cependant, la Fable
vous fera connoiftre par
divers évenemens, qu'il
n'y a point de vertu
fans couronne, ny de
crime fans chaftiment;
que l'Innocence perfecu-
tée n'eft pas toûjours

malheureuſe, que l'œil de la Providence de Dieu eſtend ſes regards ſur tout , & que rien n'é chape enfin des mains de ſa juſtice ; que la Vertu , la Science & les Amis ſont les vrays treſors de l'honneſte homme ; que l'Orgueil, l'Avarice & l'Ivrognerie, le Luxe , l'Impudicité, ſont les ſources de tous les malheurs ; que la nature bien reglée aime l'honneſteté,& a honte de ce qui eſt in

fame ; qu'elle se contente
de peu , qu'elle a en horreur toutes sortes d'excés
de débauches & de dissolu-
tions ; qu'au contraire la
convoitise n'a point de
bornes , & que les
Voluptez sont des abîmes
qui n'ont ny fonds ny
bord ; que la vie humaine
est un labirinte , que les
plaisirs de la chair & du
sang , sont des Syrennes
qui vous perdent, si la Sa-
gesse ne vous bouche les
oreilles ; qu'il y a à la Cour

des eceüils incomparable-
ment plus dangereux que
n'eſtoient au détroit de
la Sicile, Scylla & Carib-
dis ; qu'il n'y a point de
chaſteté à l'épreuve de la
pluye que Jupiter fit couler
par deux Canaux dans le
giron de Danaé ; que les
perfides & les adultres
ont des iſſuës auſſi fune-
ſtes que celles de Paris &
d'Helene ; que Cupidon
eſt un enfant aveugle ,
temeraire , ſans force &
ſans honte , que le vain

amour de foy-mefme
nous fait perir comme
des Narciffes, que l'or-
gueil & la curiofité des
chofes qui font au deffus
de nous, attirent les châ-
timens d'Acteon, d'Icare,
& de Phaëton, que la
fenfualité metamorphofe
les hommes en beftes &
en rochers, plus veritablement que ne faifoient ces
infames Sorcieres Medée
& Cirée ; que l'Impieté
& la Cruauté arrachent
les yeux à Polipheme

& cachent les Cyclopes dans le plus creux des cavernes, que les trois Parques n'ont pas plutoſt coupé le fil de la vie, qu'il y a un Minos & un Radamante qui prononcent l'arreſt du dernier jegement.

Qu'il y a dans les enfers une rouë d'Ixion, un aigle devorant le foye de Promotée, une Montagne de Siſiphe, une faim de Tantale, des Etangs de ſoulfre, & de

feu , des Cerberes , des
Serpens & des Megeres ;
qu'au contraire les ames
dont la vie a esté inno-
cente ou qui ont esté pur-
gées aprés avoir quitté
leurs corps , feront agrea-
blement conduites par les
bons genies dans les
champs Eliziens , pour y
jouïr des delices qui ne
finiront jamais. Cela suffit
presque pour vous don-
ner une idée passable
de ce que l'on appelle Histoire Fabuleuse.

Remarquez, mon cher Hypolite, qu'il faut obſerver dans l'Hiſtoire trois choſes.

La conduite en general, & la maniere dont tous les évenemens ſont emmenez, les ſentimens que l'on donne aux perſonnages qui y ont la principale part, & enfin le ſtile de l'Hiſtorien, & les façons de parler dont il ſe ſert.

CHAPITRE

CHAPITRE XIII.

De la lecture.

SOUVENEZ - VOUS que pour profiter dans la lecture & dans les Sciences il faut dix conditions,

SÇAVOIR,

Une bonne & ferme volonté d'apprendre.

Une forte application à ce que l'on desire sçavoir.

F

De la patience.

De la perſeverance.

N'avoir point de precipitation.

Faire reflexion & bien penſer ſur ce qu'on n'entend pas d'abord , & le repaſſer ſouvent pour ſe le rendre familier.

N'avoir point de pareſſe ou de nonchalence.

Ne ſe point rebuter malgré les difficultez & les repugnances qu'elles pourroient nous cauſer.

Lire & relire tout l'ouvrage jufqu'à ce qu'on le poflede.

Et enfin n'eftre point honteux de s'éclaircir avec les Sçavans.

C'eft une chofe affurée que la premiere fois qu'on lit un Ouvrage, on ne fait qu'en ébaucher la connoiffance ; que la feconde fois on commence à fçavoir, la troifiéme davantage, & la quatriéme fois on fçait les chofes les plus difficiles à comprendre , pourveu qu'on ait les qualitez ; & que l'on obſerve ce qui eſt cy-devant preſcrit.

CHAPITRE XIV.

Suite de l'Education du jeune Hipolite confiée à differens Maiſtres qui luy apprennent.

L'ART d'Ecriture, Les Mathematiques. La Geographie.

L'Art de Naviger.
Le Deſſein.
La Peinture.
L'Art Militaire.
Le Blazon.
La Dance, &
Les Langues étrange-
res.

CHAPITRE XV.

Reflexion qui fait connoiſtre qu'un Gouverneur n'eſt pas obligé de tout ſçavoir ny de tout enſeigner.

COMME l'Illuſtre pere dont vous avez receu le jour vient d'aſſocier pluſieurs perſonnes de merite à la gloire de

voftre éducation , & que
je ne puis feul vous mon-
trer toutes chofes , il me
reftera plus de temps pour
cultiver les qualitez de
voftre ame ; cependant
fans m'arrefter aux Sciences & aux Arts liberaux
que je viens de marquer,
on me permettra feule-
ment de vous faire faire
quelque reflexion fur le
bel Art de la Peinture,qui
fera un de vos plus in-
nocens plaifirs.

CHAPITRE XVI.

Reflexions curieuses sur la Peinture.

REMARQUEZ, mon cher Hipolite, que les premiers crayons de tout ce qui se passe en la veüe des objets presens à nos yeux, ont donné naissance à la Peinture

ture, qui eſt une imita-
tion des proportions qui
ſe trouvent dans les choſes
naturelles ; Surquoy j'ay
appris de deux Illuſtres
dans le pinceau & le bu-
rin, que les hommes ne
peuvent rieat communi-
quer aux autres que par
proportion & égalité : la
Nature au contraire fai-
ſant tous ſes ouvrages a-
vec une merveilleuſe di-
verſité & ſurabondance.
C'eſt pourquoy elle ne fait
ny Tableaux ny Jardins,

G

ny Architecture, ny ge-
neralement aucun ouvra-
ge qui dépende de l'or-
donnance & de la pro-
portion artificielle.

Que la Peinture est un
agreable mensonge, qui
trompe par sa ressem-
blance avec la verité;
de sorte que les couleurs
estant des estres verita-
bles, elles ne sont pas la
vraye Peinture; que cet-
te agreable imitation de
la nature n'est pas une
écriture muette comme

on le dit ordinairement ;
mais une écriture parlan-
te , parce que les chofes
ne pouvant fouvent par-
ler elles-mefmes , le pinceau les empefche d'eftre
muettes ; la raifon de cela eft, que la premiere , la
plus ancienne & la plus
naturelle façon d'écrire a
efté de dépeindre les
chofes mefmes, d'où l'on
a retenu let mot de *Pingere.*
La Peinture donc eftant
fondée fur la verité & fur
l'imitation de la nature,

parle d'elle-mefme. L'ex-
perience fait voir qu'il
ny a perfonne fi grof-
fiere qui voyant une co-
pie & fon original , ou
le tableau & le naturel,
ne connoiffe auffi-toft
l'un par l'autre ; té-
moin Appellés , qui ne
pouvant nommer à Ptolo-
mée celuy dont il par-
loit , le fit connoiftre
l'ayant reprefenté avec un
trait de charbon ; d'où il
s'enfuit par une curieufe
obfervation , que le def-

fein eft fans doute la premiere peinture attribuée
à la fille de Belus , qui
voyant l'ombre de fon
pere contre une muraille,
la pourfila & contretira
avec un charbon.

On vous fera connoî-
tre la perfection d'un
tableau , qui eft de mon-
trer une invention har-
die , une belle ordon-
nance & difpofition , avec
l'expreffion naïve ; que
le tout foit bien hiftorié ,
que les proportions foient

regulierement obfervées ;
l'aliement & le variement
des couleurs agreables ,
avec leurs teintes & de-
mie teintes , la carnation
& le coloris aprochant
du naturel ; la draperie
étofée. comme il faut ,
le jour bien pris avec les
reflexions , les ombres ,
les ombrages & les nuits,
les païfages agreables , la
perfpective exacte , les
tours , les contours , les
cavitez , les plis , les
boffes , les enfondremens;

les rentremens , les a-
douciffemens au dernier
point de la delicateffe ; en
un mot , l'ouvrage tout
complet & parfait.

La curiofité eft aujour-
d'huy extrème entre ceux
qui fe piquent de fe con-
noiftre en Tableaux pour
juger de leur prix &
de leur excellence ; les regles les plus generales
qu'ils prennent pour cela
font celles-cy.

La premiere , c'eft de re-
connoiftre les pieces qu'ils

appellent du bon gouft ;
du grand , de la forte &
de là riche maniere.

La deuxiéme , de difcer-
ner dans les Tableaux
les diverfes manieres des
Peintres qui les ont faits ;
par exemple le Titien
a efté grand Colorifte ;
Raphaël d'Urbin a ex-
cellé dans le deffein ; les
Caraces dans l'expreffion ;
Michel Caravague dans la
copie apres le naturel ;
Rubens dans l'Hiftoire, &
ainfi du refte.

La troisiéme, de distinguer les antiques d'avec les pieces nouvelles, avec l'air du bel antique & du moderne.

La quatriéme, si l'Ouvrage est d'original ou d'invention ; ou s'il n'est que copié ; surquoy les Sçavans remarquent, que les Originaux faits aprés Nature & des choses non encore veuës, paroissent d'une maniere librement executée ; la main semblant se rendre habile par l'afpect du naturel ; au contraire les copies quoy que, lechées & frotées marquent toûjours un Pinceau peu ferme , & une main tremblante , qui travaille avec fujettion , peine & incertitude, fans jamais atteindre à la perfection du Patron.

Cinquiémement , que la pluſpart des Tableaux faits à veüe d'œil , ont eſté fautifs , juſqu'au moment que noſtre fiecle a com-

mencé de rendre les re-
gles de la perfpective &
de la proportion plus fa-
ciles à entendre & à pra-
tiquer ; que felon la derniere, les pieds & les
mains de l'Homme eften-
du , font en égale di-
ftance du nombril ; que
la longueur de tout le
corps eft huit fois celle
de la tefte ; que l'empan
de la main eft la mefu-
re depuis la pointe du
menton jufqu'au haut du
front ; proportions telle-

ment infaillibles , que fept
excellens Ouvriers aïant
fait chacun une partie
d'un Coloffe , lors qu'on
vint à les joindre toutes,
elles reprefenterent une
Statuë parfaite.

Enfin, qui voudroit pre-
tendre à la gloire de
ce bel Art, & en faire fon
capital, devroit avoir bon
œil & bonne main ,
l'imagination forte, l'incli-
nation grande ; l'eftude
laborieufe & continuelle.
Cependant l'imitation ou

la reprefentation eft une chofe fi naturelle, qu'il n'y a point de corps qui ne dépeigne inceffamment fon image dans l'air dans l'eau, & par tout où il forme fon Tableau ; & Dieu mefme fe dépeint continuellement au de-dans & au dehors.

CHAPITRE XVII.

Des devoirs envers Dieu.

SOUVENEZ-VOUS , Hipolite , que toutes les Sciences vous font inutiles fans la connoiffance de Dieu & de la Religion. Je ne puis trop fouvent vous. folliciter fur l'importance de vos devoirs envers l'un & l'autre : Mais écoutez icy S. Auguftin qui vous dit,

que Dieu demande tout
noſtre amour & tout nô-
tre cœur; il merite tout noſtre amour & tout noſtre
cœur, parce qu'il a des at-
traits capables d'attirertóu-
tes nos inclinations & qu'il
peut contenter nos deſirs.

Tandis que nous ſom-
mes en ce monde, nóus
ne connoiſſons que foi-
blement ce que Dieu eſt
en luy-meſme, & ce qu'il
eſt à noſtre égard ; l'ame
qui eſt envelopée dans les
ſens , & qui ne con-

noiſt les objets que dans
les tenebres de la foy, ne
peut avoir que des idées
imparfaites.

Dieu eſt noſtre Maiſtre,
nous le devons écouter;
il eſt noſtre exemple, nous
le devons imiter ; il eſt
noſtre chef, nous devons
nous diſpoſer à nous in-
tereſſer dans ſa gloire ;
quand Dieu ordonne une
éternité de peines pour un
peché d'un moment , il
meſure de la meſme me-
ſure qu'il a eſté meſuré;
                    comme

comme le pecheur a me-
furé Dieu pour un mo-
ment de plaifir ; Dieu
mefure l'Homme pour
une eternité de peines.

Dieu veut faire enten-
dre fa voix, ou pour nous
épouvanter par fes mena-
ces, ou pour nous gagner
par fes promeffes ; & fi
nous ne voulons point
entendre fa parole , nous
n'aurons ny crainte de fes
Iugemens, ny volonté de
fatisfaire à fes loix , ce
qui eft la derniere impicté.

H

Celuy avec qui Dieu
eſt n'eſt jamais moins
ſeul , que quand il eſt
ſeul ; c'eſt pour lors qu'il
joüit de ſes delices avec
une pleine liberté, & qu'il
eſt veritablement à ſoy,
joüiſſant de Dieu en ſoy-
meſme & de ſoy-meſme
en Dieu.

Dieu eſt ſi bon qu'il ne
ſçauroit eſtre aimé autant
qu'il eſt aimable, & quelque effort que nous faſſions,
nous ſommes obligez de
confeſſer que ſa bonté

furpaſſe toûjours la gran-
deur de noſtre amour.

Dieu ne demande pro-
prement des hommes que
leur amour; mais auſſi il
le demande tout entier ;
il n'y veut point de par-
tage, & comme il eſt leur
ſouverain bien, il ne veut
pas qu'ils s'attachent ailleurs, qu'ils trouvent leur
repos dans aucune Crea-
ture, parce que nulle
Creature n'eſt leur fin ;
la plenitude de la cha-
rité que nous devons à

Dieu , ne permet pas que
l'on en répande au dehors
aucun rayon.

Tout est present à Dieu,
parce qu'il est present en
tous lieux , & que sa divine
essence remplit l'air , qui
remplit tout ; C'est pourquoy David se mettoit vai-
nement en peine durant le
regne de ses passions a-
moureuses de trouver un
lieu assez obscur pour com-
mettre son adultere , où
la lumiere du jour, ou plû-
tost celle du Ciel ne pût

entrer : mais sa peine estoit
inutile ; car dans les an-
tres les plus creux & les
plus tenebreux, la lumie-
re de la justice de Dieu,
qui le suivoit par tout
pour le punir, l'éblouïs-
soit de telle sorte, que les
armes de son funeste des-
sein luy tomboient sou-
vent des mains.

Enfin Dieu est l'estre
souverain, éternel, inde-
pendant, indefiny, Crea-
teur du Ciel & de la terre,
Sanctificateur des ames,

le Vangeur des méchans
& le Glorificateur des Juftes ; comme Souverain
tout dépend de luy, com-
me éternel il n'a point de
commencement d'eftre,
de fucceffion, ny de fin ;
comme indépendant il eft
de luy-mefme ; comme im-
menfe il eft par tout, il eft
en tous lieux & en tou-
tes creatures, par effence,
puiffance, prefence, & ope-
ration ; dans les Saints, par
la gloire, dans les Juftes
par la grace, & en J. C. par

union hypoſtatique.

Dieu ne peut eſtre con-
nu de l'Homme mortel
que par deux voyes ; la
premiere eſt naturelle, qui
ſe fait par la meditation &
reveüe de la beauté de
l'ordre & liaiſon des Creatures de l'Univers ; la ſe-
conde eſt ſurnaturelle, qui
ſe fait par la revelation &
par grace.

Il ne faut point s'éton-
ner ſi Dieu ne peut eſtre
connu parfaitement, puiſ-
que la certitude de noſtre

connoiſſance à l'egard de quelque eſtre que ce ſoit, procede de ſa definition; or eſt-il que Dieu ne peut eſtre definy, donc il ne peut eſtre connu demon-ſtrativement.

S'il pouvoit eſtre definy, il ne ſeroit plus infiny & partant il ne ſeroit plus Dieu, parce que la defi-nition n'eſt autre choſe qu'une ſuite & liaiſon de quelques termes qui enve-lopent & terminent l'eſſen-ce d'un ſujet.

Exemple ;

Exemple ; l'Homme est un animal raisonnable. Voila sa définition & toute la nature humaine enclose sous ces quatre termes par un genre & une difference. Par un genre, c'est à dire par une nature qui luy est commune avec les individus d'une autre espece ; puisque le Lion est un animal comme luy, & par une difference qui luy attribuant quelque chose de particulier, le rend en mesme

temps different du Lion ;
cette difference eſt le titre
d'honneur qui luy eſt ac-
cordé , l'appellant raiſon-
nable.

Mais Dieu ne peut eſtre
ſoûmis à un genre , c'eſt
à dire à une nature qui
luy ſoit commune avec
d'autres ſujets ; autrement
il ne ſeroit plus Dieu
indépendant , parce qu'il
dépendroit de cette na-
ture comme de ſa ſupe-
rieure , & ſi d'ailleurs il
avoit encore une diffe-

rence , elle feroit autre que le genre , & partant il ne feroit plus fimple mais compofé. Donc il ne feroit plus Dieu ; & voila pourquoy il ne peut eftre défiry.

CHAPITRE XVIII.

De la Religion.

CE que nous appel-
lons Religion est
proprement une vertu par
laquelle nous rendons à
Dieu le culte que nous
luy devons ; de maniere
que son premier but est
le culte, & le second est

Dieu auquel il eſt referé.

La Religion eſt la me-
re de toutes les Vertus, elle
rend les ſujets obeïſſans à
leurs Princes, & courageux
aux entrepriſes, hardis dans
les dangers, liberaux &
bien - faiſans envers les
pauvres, prompts en toutes
les affaires qui regardent
le bien de l'Eſtat, par-
ce qu'ils ſçavent qu'en ſer-
vant fidelement les Prin-
ces, ils ſervent Dieu, dont
ils repreſentent l'image.

CHAPITRE XIX.

De la Pieté.

LA Pieté exprime mieux le zele & l'affection avec laquelle nous accompagnons les offrandes que nous faisons à Dieu, qu'elle ne signifie la Religion ou la Sainteté, bien qu'assez sou-

vent elle foit prife &
employée pour l'une ou
pour l'autre.

La Pieté civile com-
prend les fentimens d'af-
fection que nous fom-
mes capables de concevoir
pour le bien commun de
noftre patrie, & pour les
bons offices que nous
avons receu de nos Parens,
de nos Maiftres , & de
tous ceux qui ont contri-
bué quelque chofe au
foin de nôtre education.

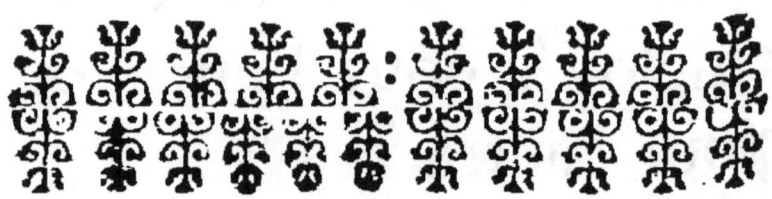

CHAPITRE XX.

Dela Reconnoiſſance.

LA Reconnoiſſance eſt une Vertu qui nous repreſente continuellement dans le ſouvenir la memoire d'un bien-fait , & ne laiſſe point le redevable en repos, qu'il n'y ait ſatisfait par un é-

change de service, un
témoignage d'affection ,
& un reciproque de bon-
ne volonté.

CHAPITRE XXI.

-

De l'entrée dans le Monde.

LE jour de la tem-
peſte s'approche ,
Hipolite , ſongez à vous
garantir de l'orage , ſongez que les choſes du

monde n'ont rien de si
constant que leur incon-
stance , & ne vous y en-
gagez qu'autant que vostre
naissance & vos employs
vous l'ordonneront.

CHAPITRE XXII.

Du choix d'un Amy.

FAITES d'abord choix d'un Amy éclairé, sincere, & des-interessé ; vous remarquerez dans la course que vous allez faire, que les faux Amis sont en troupe autour de ceux à qui la Fortune rit ; & qu'au contraire on voit

une solitude effroyable
autour de ceux que la
Fortune a quittés ; ces in-
grats fuyent loin des lieux
où ils devroient faire preu-
ve de leur amitié.

Un fidele Amy est un
tresor vivant, que vous
devez conserver avec
grand soin, & dont vous
devés plaindre la perte ;
& je vous estimeray fort
heureux si vous rencontrez
un Amy qui vous aime,
& non pas vos richesses,
vostre table, ou vostre

Efprit. Un Amy qui vous corrige fi vous manquez, qui vous releve fi vous tombez, qui vous ramene, fi vous vous égarez ; car l'amitié qui ne feroit entretenuë que par l'intereft, la débauche, ou quelques fervices apparens ne pourroit eftre folide ni fubfifter long-temps puifque le vice en feroit le fondement.

Ne reffemblez pas à ces gens, qui lors qu'ils font las d'aimer, font bien aife

qu'on leur devienne in-
fideles , pour se dégager
de leur fidelité.

Il faut que l'amitié soit
ardente & immortelle ;
& la froideur de peu de
durée.

Donnez-vous bien de
garde de marquer de la
défiance pour vostre Amy;
car où commence la dé-
fiance , là finit l'amitié.
Enfin souvenez-vous que
la complaisance est le char-
me le plus puissant & le
plus assuré pour s'acque-

rir l'amitié de tout le monde.

CHAPITRE XXIII.

Quel doit eftre un Galant Homme.

ON demande fouvent
dans le monde ce
que c'eft qu'un Galant
Homme (j'entens de
cette forte) qui fait &
qui dit les chofe d'un air

Galant , & d'une façon
galante. On dit que Mon-
fieur de Vaugelas a veu
de fon temps agiter cette
queftion parmy des gens
de la Cour , & des plus
Galans de l'un & de l'au-
tre fexe , qui avoient bien
de la peine à la définir ;
les uns foûtenoient que
c'eft ce je ne fçay quoy
qui differe peu de la bonne grace ; les autres que ce
n'eftoit pas affez du je ne
fçay quoy , ny de la bonne
grace , qui font des chofes
purement

purement naturelles ; mais
qu'il faloit que l'un &
lautre fût accompagné
d'un certain air qu'on
prend à la Cour , & qui
ne s'acquiert qu'à force d'e-
ftre auprés des Grands ,
& fouvent avec les Da-
mes. D'autres difoient ,
que ces chofes exterieures
ne fuffifoient pas , & que
ce mot de Galant avoit
bien une plus grande éten-
duë , dans laquelle il em-
braffoit plufieurs qualitez
enfemble , qu'en un mot

K

c'estoit un composé où
il entroit du je ne sçay
quoy , ou de la bonne
grace , de l'air de la Cour,
de l'esprit , du jugement, de
la bravoure , de la civilité ;
de la courtoisie & de l'en-
joüement , le tout sans
contrainte , sans affectation
& sans vice ; avec cela
il y a , dequoy faire un
honneste Homme à la
mode de la Cour ; mais
prenez y garde , Hipolite,
il est fort rare d'avoir toutes ces qualitez & de ne

pas entrer en complaifance pour foy-mefme.

De l'Amour.

A PEINE commence-rez vous à connoi-ftre le monde, que l'A-mour fera la premiere paf-fion qui attaquera voftre cœur ; c'eft un écüil dif-ficile à éviter dans les mouvemens d'une premie-re Jeuneffe, qui n'écou-tant point les confeils de

a raifon , ne confulte bien
fouvent que les infpira-
tions de la nature cor-
rompüe.

Souvenez - vous que
quelque honnefteté que
vous puiffiez vous imagi-
ner dans l'Amour d'une
creature mortelle , cet
Amour eft toûjours vi-
cieux & illegitime lors
qu'il ne naift pas de
l'Amour de Dieu , & il
n'en peut naiftre lors que
c'eft un Amour de paffion
& d'attache , qui nous fait

trouver noſtre ſatisfaction
& noſtre plaiſir dans cette
creature.

Ne vous y trompez
pas , ceux qui veulent flater l'Amour , diſent qu'il
eſt aux ames une playe
agreable , une douce a-
mertume , un venin ſa-
voureux , une maladie qui
leur plaiſt , un ſuplice
qu'ils embraſſent volon-
tairement & une mort où
ils courent avec plaiſir.

Remarquez qu'il n'eſt
point de forme ſous la-

quelle l'Amour ne se dé-
guise , pour s'insinüer
dans un cœur , non pas
mesme celle de la raison
& de la Vertu , & cela
fondé , ne laissez jamais
surprendre voftre inno-
cence par des apparences
trompeuses.

Quand un Amour
trouble le repos , chan-
ge le visage & peut rui-
ner la fortune ou le
salut d'un Homme ,
la Raison & la Religion
ne l'approuvent point.

L'Amour eſt un poiſon ſi ſubtil , qu'il ne luy faut qu'un moment pour paſſer de nos ſens à noſtre cœur.

CHAPITRE XXIV.

Des douceurs du Mariage.

MAIS le veritable amour eſt l'amour permis & conjugal ; c'eſt un lien ſacré dont il ne faut point fuir l'engagement, quand le ciel nous y appelle ; il ne peut eſtre qu'heureux lors qu'il y a

de

de l'égalité dans l'humeur,
dans l'âge, dans la naif-
fance & dans le bien.

CHAPITRE XXV.

De l'Amour lafcif & fes fu-
neftes effets.

AH que l'Amour laf-
cif eft bien dif-
ferent, quoy que pour ar-
river à fes fins il prenne
fouvent l'air & la demar-

L

che de la vertu! Amour, que
tu fais de fanglantes tra-
gedies , que tes fureurs
font cachées & obftinées,
tes douceurs fauffes , tes
beautez dangereufes , &
tous tes charmes criminels,
faffe le Ciel que le noble
fujet de mes applications
& de mes foins n'éprouve
jamais combien ces appas
font furieux , fes regards
funeftes , fes froideurs ar-
dentes, fes pourfuites ef-
froyables fes triomphes
imperieux, & fes victoires
infolentes.

Craignez un ennemy
qui flatte pour bleffer,
qui attire pour perdre,
& qui careffe pour trom-
per : Voulez-vous con-
noiftre le naturel de ce
Demon, qui paroift quel-
quefois fi doux & fi ai-
mable dans fes cruautez,
fi prodigue dans fon ava-
rice, fi riche dans fa mifere, fi effronté dans fa honte, fi temeraire dans fes
craintes, fi fort dans fa
foibleffe, fi fincere dans
fes infidelitez & fi chan-

geant dans toutes ses hu-
meurs , qu'il a mesme des
complaisances dans ses
desastres , & quelque sorte
d'égalité parmy ses chan-
gemens ; à le voir on di-
roit qu'il ny a rien de plus
naturel , de plus inno-
cent , de plus secret , de
plus humble & de plus
moderé que les desseins de
ce perfide; & neanmoins ce
ne sont que finesses , que
tromperies , que trahisons,
que vanitez , & que
debordemens ; jamais on

ne vit tant de feintes , tant d'illusions , tant de fureurs & tant d'inquietudes que dans l'ame de ce perfide , qui déguise ses sentimens avec tant d'artifice, qu'à mesme temps il aime & il haït ; il sourit & il pleure , il obeït & il commande , il baise & il étrangle , & lors mesme que nous croyons qu'il veut donner la vie, il est dans le dessein de nous donner la mort.

Voulez - vous sçavoir

fon origine , il naiſt au
milieu de nos playes ; il ſe
repaiſt de nos miſeres , il
s'éleve deſſus nos ruïnes, il
vit dans nos flames , &
à la fin il nous reduit en
cendres; de quelle maniere
voulez-vous que je vous
peigne ſon image ; il a le
corps tout decharné , des
œillades étincellantes &
égarées, un viſage plombé,
& des geſtes ſi inconſtans
& ſi volages , qu'on ne
ſçait où il lance ſes traits &
où il veut prendre ſon

vol pour furprendre fa
proye ; enfin , fi vous voulez fçavoir fes humeurs
les plus fecretes , c'eſt un
feu qui fe couve deſſous
la cendre , un venin qui
fe donne dans un Vafe
d'or , un piege qui eſt
couvert de rofes , un ul-
cere embeaumẽ de par-
fums , un fuplice qui pa-
roiſt agreable & neanmoins
qui a noyé des Royau-
mes & des Provinces
dans des torrens de lar-
mes & des fleuves de fang;

Hypolite, ne devenez point
la cause d'un si cruel eve-
nement.

CHAPITRE XXVI.

L'Auteur fait une courte
Digreſſion pour donner en
paſſant quelque avis aux
Dames Chreſtiennes ſur la
conduite de leurs Filles.

LE Lecteur me per-
mettra de changer un

moment d'objet pour don-
ner aux Dames Chreſtien-
nes un avis ſur la con-
duite de leurs Filles, qui ne
ſera peut-eſtre pas indigne
de leur reflexion.

Il y a des Femmes qui
font ſouvent à leurs Filles
des peintures de l'Amour,
elles leur montrent ce qu'il
a d'agreable , pour les
perſuader plus aiſément
ſur ce qu'elles leur en apprennent de dangereux ;
bien eloignées en cela de
la conduite de la pluſ-

part des Meres, qui se
persuadent que pour éloi-
gner leurs Filles de la ga-
lanterie, il suffit de n'en jamais parler devant elles ;
cela seroit bon si en ne
leur en parlant jamais , elles pouvoient empécher
que personne ne leur en
parlast. Mais il me sou-
vient d'avoir ouy dire à
une personne consommée
dans la Cour , qu'il n'est
rien de plus dangereux
que d'exposer une Fille à
apprendre ce que l'Amour

a de doux, & à l'apprendre
par la bouche d'une per-
fonne intereffée, qui bien
loin de luy faire en mef-
me temps remarquer les
malheurs qui fuivent prefque toûjours cette paffion
(quand elle n'eft pas bien
reglée) n'a point de plus
grand foin que de les
luy cacher & de luy en
ofter la connoiffance ; le
cœur fe laiffe feduire fi
aifément par tout ce qui
porte l'apparence du plaifir, qu'il eft bien difficile

qu'une jeune perſonne re-
ſiſte à l'Amour , lors que
n'en ayant jamais entendu
parler , elle commence à
le connoître de la manie-
re qu'il paroiſt à l'exte-
rieur dans le monde, c'eſt
à dire avec tout ce qu'il a
d'agreable & d'engageant,
& par conſequent de plus
dangereux.

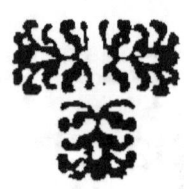

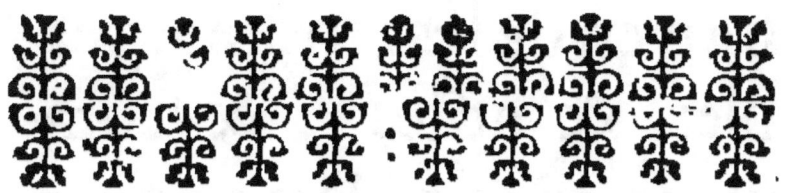

CHAPITRE XXVII.

De quelle maniere un Hom-
me de Qualité doit agir
avec les Libertins.

V Ous ferez fouvent
engagé dans des
converfations publiques
& particulieres ; Je ne vous
en expliqueray point icy
la difference , les fujets que

l'on y peut traiter , le
moyen de les rendre agreables & utiles , & com-
ment on s'y doit gouver-
ner pour en faire les ou-
vertures , pour les fou-
tenir & pour les bien ache-
ver , je vous l'ay dit affez
de fois ; mais voicy les
confeils que vous devez
fuivre pour n'y rien faire
qui puiffe donner quel-
que atteinte à la gloire
de voftre nom.

Le premier & le plus
confiderable eft de n'y

proferer jamais la moindre
parole qui reffente le li-
bertinage , ny fes mauvai-
fes maximes , qui tradui-
fent en raillerie la fainte-
té de la Religion; que peut-
on penfer d'un homme
qui veut contrefaire l'efprit fort, qui fe jouë des
mifteres qu'il doit adorer,
qui fait paroiftre du mé-
pris pour les ceremonies
les plus venerables , qui
debite à tout propos de
petites Hiftoires pour fe
moquer du refpect que l'on

porte aux plus redouta-
bles Sacremens, qui trai-
te d'ingnorans les plus
Sçavans dont nous les
apprenons, & qui prend
pour des fous les plus fages, dont l'exemple nous
doit exciter aux œuvres de
la Pieté : quelle vertu
peut avoir celuy qui n'a
point de Religion;la Vertu
n'est qu'une image de
Dieu, invisiblement em-
preinte dans nostre ame,
& quel soin peut avoir du
portrait celuy qui traite
ainsi

ainſi l'original ? il n'en
peut avoir qu'une ombre,
qu'un maſque qui cache
des ſentimens dereglez, que
l'indiſcretion de ſa langue
rend manifeſte , & quelle
bonne opinion peut-on
avoir de celuy que l'on
croira ſans Religion, celuy
qui n'aura point de ſen-
timent reſpectueux pour
la gloire de Dieu , n'en
aura jamais pour les au-
tres conſiderations qui
pourroient l'empeſcher de
faillir , & ſi la Religion n'a

M.

pû donner de frain à ſes
paroles , il ſera bien mal-ai-
ſé qu'il ne coure à bride
abatuë dans la carriere du
deſordre & du vice ; je ne
parle pas ainſi pour vous
inſtruire ſeul , mais par
une ardeur de diſcours
que je n'ay pas voulu re-
tenir , parce qu'elle m'a
paru juſte. J'ay tâché, mon
cher Hipólite , de vous
éclairer de cette verité dés
voſtre enfance , vous en
avez fait une habitude, &
je ne vous ay jamais veu

manquer à ce devoir
d'honneur & de piete ,
mais je vous avertis en-
core que vous ne devez
pas mefme fouffrir qu'en
voftre prefence , perfon-
ne foit affez hardy pour
faire ces contes d'impie-
té, & mettre en avant quelques propos contre les
mifteres , les regles & la
pratique de la Religion ;
ce n'eft pas en cette oc-
cafion que la prudence
vous doit obliger à vous
taire ; Nous fommes tous

enrollés pour y combat-
tre, rien ne nous peut dif-
penfer de prendre la que-
relle de Dieu , faites-le
pourtant avec autant de
moderation que d'autori-
té, ne corrigez pas un defordre par un dereglement,
ne foyés pas emporté,
mais genereux , & faites
paroiftre voftre zele fans
impetuofité,ne vous aban-
donnés point à ces dif-
cours qui tiennent plus
d'un Docteur incommode
que d'unCenfeur agreable;

& ne faites point ces exclamations affectées qui tiennent plus de l'impertinence que de la vertu ; ne donnez pas fujet de rire, mais de vous eftimer ; faites taire celuy qui parlera mal , mais ne faites rien contre la bien - feance de voftre qualité ; montrez que vous avés de bons fentimens , & l'on croira que vous ne faites que de bonnes actions ; ce qui fera une grande fa-

tisfaction   pour   ceux
qui font au deffus de
vous , & un bel exemple
pour vos égaux & vos in-
ferieurs.

CHAPITRE XXVIII.

De la Medisance.

IL est de votre pru-
dence de vous taire de
tout ce que vous pourrés
apprendre au desavanta-
ge de quelqu'un , mais
sur tou des femmes ; ne
soyés point assés des-obli-

geant pour leur reprocher
jamais un deffaut de leur
perſonne , une foibleſſe de
leur eſprit , ny quelque
fâcheuſe avanture de leur
vie, & en leur abſence n'en
proferés aucune parole
qui reſſente l'injure ou le
mépris, vous pourriez dire
la verité, mais vous en au-
riez dit du mal , un hom-
me adroit s'imagine avoir
aſſés bien couvert ſon jeu,
quand il a plaint leur diſ-
grace & qu'il en a témoi-
gné beaucoup de compaſ-
ſion

fion. C'eſt un vieux tour
de Rethorique dont on
eſt rebuté, & on ne ſe laiſſe plus duper à cette ma-
licieuſe Eloqüence. C'eſt
une médiſance rafinée, qui
ne fait pas moins d'ou-
trage à celles que l'on
feint de plaindre & qui ne
ſert plus d'excuſe à celuy
qui fait paroiſtre cette
tendreſſe empoiſonnée.

Dans les Livres ſacrés la
médiſance eſt nommée un
feu d'enfer, dont la lan-
gue eſt enflammée & qui

N

brûle tous les sujets qu'elle touche ; il n'est point de reputation si forte qui n'en soit détruite ; il n'est point de gloire si vive, qui n'en meure aussi tost ; mais assurez-vous que ces ardeurs impitoyables se reflechissent toûjours contre ceux qui les ont poussées au dehors ; ceux que l'on offense en médisăt, sont brûlez à petit feu, mais il s'en allume un embrazement que la vengeance ne laisse pas éteindre ;pres-

que tous les hommes ont
cette erreur impercepti-
ble, de s'imaginer qu'ils
feront bien plus parfaits
si les autres ne le font pas,
& qu'il leur faut dérober
le bien que nous voulons
posseder seuls , & c'eft un
des plus ordinaires motifs
de la médifance, que tout
le monde doit eviter, mais
fur tout les gens de Qua-
lité, qui doivent eftre au
deffus des foibleffes du
vulgaire.

CHAPITRE XXIX.

Discours qui prouve que la veritable Probité doit faire seule le fondement de la Reputation.

SOuvenez-vous que l'estime doit estre appuyée sur la Vertu, & que pour conserver sa gloire sans tache, il en faut posseder le merite. Il est vray

que par une conduite adroi-
te & une affectation bien
menagée , on peut acque-
rir l'opinion d'estre ce
que l'on n'est pas , &
faire dans le monde quel-
que bruit favorable ; on
fait porter assez souvent
au crime les vestemens de
l'innocence, & la débauche
secrete est quelquefois
couverte d'un voile d'honneur, qu'elle emprunte pour
se déguiser ; mais la Reputation qui viendra par
une mauvaise prudence,

ne fera pas de longue du-
rée, il ne faut point efperer
que l'eftre puiffe s'établir
fur le neant , l'ombre ne
produira jamais la lumie-
re, & la verité ne fortira
point d'une fauffe origine;
l'artifice ne fera pas long-
temps fans fe démentir foy-
mefme , la Comedie fi-
nira & le déguifement ne
foutiendra pas toûjours
une agreable impofture ,
une fauffe valeur fe diffi-
pe à la premiere occa-
fion dangereufe , une

fauſſe erudition n'entre-
tiendra pas long - temps
le bruit qu'elle aura com-
mencé de faire; celuy que
l'on a cru vertueux parce
qu'il en a pris les apparences, ne le fera pas croire
l'ong-temps , il eſt mal-
aiſé de feindre toûjours ,
on ſe laſſé d'employer tant
de precautions neceſſaires
pour tromper les autres,
on neglige tout quand on
preſume d'eſlre en ſureté,
on ſe laiſſe aller en public
à de certaines licences

que l'habitude emporte fur
la prudence, une furprife
dont on ne fe defie pas,
la curiofité d'un Domefti-
que, une vifite impreveüe,
une action qui n'aura pas
efté concertée ; enfin le
temps qui fçait tirer la
verité du fonds des abîmes,
expofe au grand jour
tout d'un coup & lors
que l'on s'en defie le
moins, ce que l'on croyoit
envelopé de tenebres im-
penetrables ; fi bien que
cette reputation qui s'eftoit

répanduë dans le monde
fans l'appuy de la Vertu, fe
trouve foudainement eva-
nouye, & cet Homme que
l'on avoit regardé comme
un modele prefqu'inimi-
table parmy ceux de fon
âge & de fa condition ,
devient la fable du peu-
ple & l'opprobre de tous
ceux qui l'avoient admi-
ré. Ce faux éclat n'eft plus
pour lors qu'une foible
lumiere , qui s'efteint au
premier vent , & qui ne
laiffe rien aprés elle qu'une
odeur mal agreable ; c'eft

une fleur qui s'eſt flétrie,
parce qu'elle n'eſtoit pas
attachée à ſa racine, c'eſt
un de ces petits feux d'E-
ſté, qui ne durent pas plus
de temps qu'il leur en
faut pour perir, & qui
ne laiſſent que du mépris
à ceux qui les connoiſſent.

Je ne pretends point icy
vous charger d'une Do-
ctrine inutile pour vous de-
peindre l'honneſteté, pour
l'inſinuer dans voſtre ame,
& pour vous preſcrire
les moyens de la pratiquer,
l'experience m'a fait con-

noiſtre que vous l'aimez
de tout voſtre cœur &
que vous la ſuivés de toutes
vos forces , & ce n'eſt
que pour vous engager
à la conſerver pendant
toute voſtre vie , que je
viens de vous en retracer
l'idée dans ce diſcours.

CHAPITRE XXX.

*De qu'lle maniere on doit
traiter ſes Domeſtiques.*

Vivez dans voſtre
Domeſtique avec

un esprit de douceur. Et
penſez qu'il eſt meſſeant
à un homme de voſtre
qualité de ne parler à ſes
valets qu'avec injure, de
ne les reprendre qu'en
colere, & de ne leur reprocher leurs fautes qu'avec
des rudeſſes, qui leur don-
nent plus de confuſion
que d'envie de mieux fai-
re : ne vous imaginez pas
non plus que ces ames
foibles ſouffrent ſans vengeance ce que leur mau-
vaiſe fortune ne leur donne pas moyen d'eviter ; ils

n'ont à la verité que des
fentimens lâches & rem-
pans ; mais ils ne laiffent
pas d'avoir dans le fonds
de l'ame l'orgueil , dont
la corruption de noftre
nature ne permet pas à
l'homme de fe dépoüiller;il
l'accompagne furle Thro-
ne, bien qu'il n'y foit pas
neceffaire , il le fuit dans
la mifere & l'obfcurité
d'une cabane ; ainfi ces
ames ferviles fe croyent
toûjours dignes d'un meil-
leur traitement , & leur
prefomption n'eft pas étou-

fée fous le poids de leur neceffité ; ils vous verront en tout temps , en tous lieux , & en toutes poftures ; ils examineront tout, ils cenfureront tout, & jugeront de tout felon la baffeffe de leur genie. La plufpart des Domefti-ques font les ennemis de leurs maiftres , parce que les maiftres font plus heureux & plus fages qu'eux , le dépit de leur mauvais fort & l'envie qui les anime contre ceux qui en ont un plus doux, l'a-

veuglement de leur igno-
rance , & l'emportement
de leurs paffions,les entre-
tiennent dans cette aver-
fion , & le monde les
reçoit neanmoins pour
des témoins dignes de
foy , parce qu'ils affurent
d'avoir veu ce qu'ils ont
feulement conceu dans les
tenebres de l'erreur , &
dans les fumées de leur
rage. On juge quelque-
fois plus favorablement
de l'impofture d'un valet
qui méprife la vertu fans
la connoiftre , que de

l'honneur du maiſtre, qui
fait profeſſion publique de
la ſuivre ; ce n'eſt pas
qu'en les traitant comme
je ſouhaite, je puiſſe vous
répondre qu'ils agiront
comme vous le ſouhai-
tez : Mais il vaut mieux
faire ce que la Sageſſe nous
demande, dans le hazard
d'en eſtre mal reconnus,
que de donner lieu par
noſtre faute au deplaiſir
qui nous peut revenir d'a-
voir manqué.

Voila l'eſſentiel de ce
que je me ſuis propoſé de
vous

vous infinuer ; mais je ne
prefume pas affez de moy,
mon cher Hipolite , pour
vouloir perfuader que c'eft
tout ce que l'on peut di-
re fur une matiere fi im-
portante , puifque fuivant
l'avis du Sage, il faut eftre
du nombre de ces fou-
veraines intelligences „
à qui Dieu a refer-
vé la conduite des Eftats
& des Empires, pour s'ac-
quiter dignement de l'e-
ducation des perfonnes de
voftre rang ; & comme
c'eft la Providence qui la

O

commence, c'eſt indubitablement par elle qu'elle reçoit ſa perfection, & les Gouverneurs ne ſont que les inſtrumens que la grace de Dieu fait agir en faveur de ceux qu'elle a bien voulu diſtinguer du commun des Hommes.

F I N.

PRIVILEGE
du Roy.

LOUIS PAR LA GRACE
de Dieu, Roy de France
& de Navare: A nos Amez
& Feaux Conseillers les gens
tenans nos Cours de Parle-
ment, Maistres des Requ stes
ordinaires de nostre Hostel,
Baillifs, Senechaux, Prevôts
Juges, leurs Lieutenans,
& tous autres nos Justiciers
& Officiers qu'il appar-
tiendra; Salut. Nostre Amé
NICOLAS LE GRAS, Mar-
chand Libraire de nostre
Ville de Paris nous a fait re-

montrer qu'il a recouvré un Livre intitulé , *l'Education d'Hipolite, ouvrage accompagné de Morale & d'Erudition, composé par M. Girault de Sainville* ; lequel il desireroit faire imprimer, auquel effet il nous a tres-humblement fait supplier de luy accorder nos Lettres sur ce necessaires. A ces Causes , voulant favorablement traiter l'Exposant , nous luy avons permis & accordé , permettons & accordons par ces presentes , d'imprimer & faire imprimer ledit Livre en tels volumes, marges & caracteres, & autant de fois que bon luy semblera , pendant le temps de six

années confecutives, à com-
mencer du jour qu'il fera
achevé d'imprimer pour la
premiere fois ; iceluy vendre,
faire vendre, debiter & dif-
tribuer par tout noftre Royau-
me ; faifons deffenies à tous
Libraires, Imprimeurs & autres, d'imprimer, faire imprimer , vendre & debiter ledit Livre , fous quelque pre-
texte que ce foit , mefme
d'impreffion eftrangere ou
autrement , fans le confente-
ment de l'Expofant ou de
fes ayans caufe , à peine de
confifcation des Exemplaires
contrefaits , trois mil livres
d'amende , payable fans de-
port par chacun des con-

trevenans appliquable , un
tiers à Nous, un tiers à l'Ho-
stel-Dieu de Paris , & l'autre
tiers à l'Exposant, & de tous
despens dommages & inte-
rests , à la charge d'en mettre deux exemplaires en nostre Biblioteque publique ,
un en celle du cabinet des
Livres de nostre Chateau du
Louvre , & un en celle de
nostre tres-cher & feal Che-
valier le sieur le Tellier
Chancelier de France ; de
faire imprimer ledit Livre ,
en beaux caracteres & papier,
conformement à nos Regle-
mens & registres , ces presentes enregistrées de la Com-
munauté des Marchands Li-

braires de noſtre Ville de Paris, le tout à peine de nullité des preſentes du contenu deſquelles vous mandons & enjoignons faire jouir & uſer l'Expoſant & ceux qui auront droit de luy, pleinement & paiſiblement, ceſſans & faiſans ceſſer tous troubles & empeſchemens contraires ; voulons qu'en mettant au commencement ou à la fin dudit Livre , l'Extrait des preſentes , elles ſoient tenuës pour deüement ſignifiées & qu'aux copies d'icelles colationnées par un de nos Amez & Feaux Conſeillers Secretaires, foy ſoit ajoutée , comme à l'Original ; commmandons

au premier noftre Huiffier ,
ou Sergent fur ce requis, faire pour l'execution des pre-
fentes , tous actes neceffaires,
fans demander autre permif-
fion : Car tel eft noftre plaifir. Donné à Paris le 26. jour
du mois de May , l'an de grace 1684. & de noftre Regne
le quarante-deuxiéme. Par
le Roy en fon Confeil,
    JUNQUIERES.

Regiftré fur le Livre de la Commu-
nauté des Libraires & Imprimeurs
de Paris le 30. May 1684.
    Signé , ANGOT , Syndic.

Achevé d'imprimer pour la premiere fois le 28. Juin 1684.